Montesquiou (Anatole de)

POÉSIES.

Se trouve à Paris,

CHEZ
- NOZERAN, LIBRAIRE, quai Voltaire, n° 7;
- POTEY, rue du Bac, n° 4;
- LADVOCAT, au Palais-Royal.

POÉSIES

DE

M. LE COMTE ANATOLE DE M***.

Let us leave something behind
us to show that we have lived.

A PARIS,

DE L'IMPRIMERIE DE FIRMIN DIDOT,

IMPRIMEUR DU ROI ET DE L'INSTITUT.

1820.

PROLOGUE.

A MES VERS.

Restez, mes vers, dans votre obscurité.
Si vous courez une chance incertaine,
Vous trouverez la critique inhumaine
Au lieu des soins de la paternité,
Qui, se plaisant à vous trouver des charmes,
Vous vit par fois avec sécurité.
Vous deviendrez l'objet de mille alarmes :
Ce grand voyage est par trop dangereux.
Il faut douter du succès au jeune âge.
L'illusion, qui souvent à nos yeux

Vient embellir un médiocre ouvrage,
S'évanouit, quand on devient plus sage.
On jette alors un regard dédaigneux
Sur les essais d'une trop jeune muse.
La vanité, je le vois, vous abuse.
Oui : vous croyez qu'un destin généreux
Doit vous placer auprès de Deshoulières.
Ah ! renoncez à cet espoir charmant;
Vous serez mis, hélas ! plus justement,
Au triste rang de ces écrits vulgaires
Qu'un même jour a vus naître et mourir.
Ne comptez pas sur un long souvenir :
C'est ici-bas une trop grande affaire.
Nés du caprice, et formés au hasard,
Vous n'avez pas ces tours brillans, cet art,
Qui donnent seuls le droit heureux de plaire.

Pour l'amitié vous avez quelque prix ;
Mais l'étranger verrait avec mépris
Vôtre arrivée; ah! c'est là le salaire
Qui vous attend, hélas! auprès de lui.
Vous citeriez en vain à votre appui
Quelque chanson, quelque conte frivole;
On renverrait votre père à l'école.

Restez, mes vers, dans votre obscurité;
Ah! croyez-moi, ne courez pas le monde.
Le voyageur, quand il va braver l'onde,
Ne peut jamais être plus agité
Qu'un jeune auteur dont la muse peu sage
Veut à son tour s'éloigner du rivage,
Et renoncer à la tranquillité.
Sur cette mer on a vu maint naufrage
De nautonniers au début du voyage.

Ah! que je crains cette publicité!

Restez, mes vers, dans votre obscurité.

Mais l'amitié vous attend, vous appelle :

Tous mes desirs devicnnent superflus;

Mon faible cœur pensa toujours comme elle :

Partez, mes vers; je ne vous retiens plus.

MON AMBITION.

MON AMBITION,

ÉPITRE A Mme. DE ***

Qui m'avait écrit que c'était par *méchanceté* que je lui écrivais en prose.

On n'atteint pas toujours le but qu'on se propose.
Ce n'est point par *méchanceté*
Que j'écris mes lettres en prose.
Mais c'est par incapacité.
Croyez-en ma sincérité;
Esclave de la vérité,
Je ne dis jamais autre chose.
Novice en mes essais nouveaux,
Je dois être inhabile aux sublimes travaux

De la carrière où je m'expose.
Hélas ! de l'instinct seul je reçois des leçons
Pour la tâche que je m'impose !
Pauvre aveugle, je marche incertain, à tâtons ;
Je crains de trop oser : il faut être modeste.
Toujours le génie, en naissant,
Est un germe incomplet : le travail fait le reste.
Je veux, pour m'élever, attendre le talent,
Et ne pas imiter Icare.
On obtient le succès que l'étude prépare ;
Je vise à cet achèvement,
Je fais mes premiers pas, ma muse est trop nouvelle ;
Mais elle gagnera peut-être en vieillissant :
J'ai de l'ambition pour elle.

LE LÉZARD,

L'ABEILLE ET LA ROSE.

FABLE.

LE LÉZARD,

L'ABEILLE ET LA ROSE.

Après avoir fait tous ses tours,
Ses crochets imprévus et ses adroits détours,
Un lézard fort malin, mais sans expérience,
Et de qui l'instinct seul composait la science,
Entra dans une rose. Où n'arrive-t-on pas
Avec du temps, de l'industrie,
Peu de talens, beaucoup de pas,
Et surtout de l'effronterie?
L'être audacieux et fluet

Est servi toujours à souhait,
Nous dit un acteur (1) qu'il faut croire.
Assurément c'était le cas
De l'animal rusé dont je conte l'histoire.
Se trouvant alors un peu las,
Il descend au fond de la rose;
Il s'y blotit et s'y repose.
Les pétales formaient un vaste paravent
Que Phébus, pendant sa carrière,
Échauffait en versant des torrens de lumière.
C'était un petit nid charmant;
Mais de cet établissement
Les abeilles bientôt se dirent offensées,
Et déclarèrent hautement
Que ce lézard impertinent
Allait ainsi sur leurs brisées.

Une abeille essaya de lui parler raison
Afin qu'il délogeât. Ce moyen est fort bon,
Et j'en ai fait souvent usage;
Mais, si déja l'on n'est pas sage,
Quel fruit tire-t-on d'un sermon?
Cette abeille fut admirable
Dans un discours improvisé,
Et le lézard inexorable.
Le chasser n'était pas aisé,
Car il était fort et rusé.
Il fallait surtout du génie.
Une autre abeille enfin jure à sa colonie
D'obtenir bientôt ce départ.
Elle a recours à l'ironie.
« Que vous êtes heureux, dit-elle à ce lézard!
« Vous avez reçu du hasard

« Des talens qui charment la vie.
« Moi-même je vous porte envie.
« Sans cesse l'on vous voit dans le sein d'une fleur
« En distiller le miel, en savourer l'odeur.
« Vous aimez une fleur comme on aime la gloire.
« Une rose pour vous est un laboratoire;
« Personne n'en connaît mieux que vous la valeur.
« Tous vos nombreux travaux sont d'utiles merveilles;
« Vous êtes plus habile encor que les abeilles;
« Et, si vous amassez un immense trésor,
« C'est pour verser des dons plus précieux que l'or:
« Le ciel vous a formé pour enrichir la terre. »

Le lézard répondit: « Je n'entends rien, ma chère,
« A tous les complimens que vous m'adressez là;
« En fait de miel jamais lézard ne travailla.

« Et je ne savais pas non plus que cette rose
« Eût jamais senti quelque chose. »

Notre lézard était sensé,
Car il vit bien alors qu'il était déplacé.
Il rougit, se lève, soupire
Et pour toujours il se retire,
En disant : « Il vaut mieux ne pas être si bien,
« Et qu'au moins l'on n'exige rien
« De ce qui n'est pas mon affaire.
« Pour réussir je vois que le meilleur moyen
« Est de ne pas quitter sa sphère. »

ÉPITRE

A M. ROBERT LEFEBVRE.

ÉPITRE

A M. ROBERT LEFEBVRE(2).

ROBERT, tes magiques pinceaux,
Guidés par la grace légère,
Font le tourment de tes rivaux :
On est jaloux du don de plaire.
Quand tu veux être imitateur,
Ou quand tu deviens créateur,
La palme est par toi méritée.
Grace à ton art, charmant Protée,
De tes célèbres devanciers

La gloire est enfin égalée.

En toi la France consolée

Croit admirer Claude, Téniers,

Rubens et toute sa magie,

Vandyck, Ruysdall ou Wouvermans.

Par une heureuse tromperie,

Nos biens ravis tu nous les rends.

Les vrais trésors de la patrie

Sont les succès de ses enfans:

Nos plus précieux ornemens

Seront le fruit de ton génie.

LES DEUX PARATONNERRES.

FABLE.

LES DEUX PARATONNERRES.

Sur le moindre petit clocher
Un peu d'orgueil va se nicher,
A plus forte raison sur un sublime siége,
Et quand dans ce lieu l'on protége;
Est bien habile alors qui peut l'en arracher.
Peut-être que l'orgueil d'un bon paratonnerre
Est le seul que l'on puisse excuser sur la terre.
Cependant il devrait toujours
En modérer un peu le cours.

Sur le toit d'un palais cette lance orgueilleuse
Élevait dans les airs sa pointe ingénieuse,

Et disait : « Je bannis la foudre et la terreur ;
« Ce n'est point l'intérêt qui me rend protecteur ;
« Ma charité n'est pas un trompeur simulacre ;
« Je ne suis pas un fanfaron :
« Mon existence entière aux bienfaits se consacre. »

Je trouve qu'il avait raison ;
Mais doit-on publier sa gloire ?
Et surtout devrait-on alors crier si fort ?
On est toujours tenté de croire
Que celui qui se vante a tort,
Et dans ce jugement sévère
Sans doute on ne se trompe guère.

Un jeune et beau laurier qui vivait près de là
Pensait aussi comme cela.

Noble attribut de la victoire,
Et digne d'obtenir une longue mémoire,
De lui-même il ne parlait pas,
Ou bien il en parlait tout bas :
On sait bien que la modestie
Est le cachet d'un grand talent.
Aussi voyons-nous fort souvent
Que bien des gens pour elle ont de l'antipathie.

Un papillon (3) des plus jolis,
Orné d'ébène, d'or, de nacre et de rubis,
S'échappe du laurier, sa paisible retraite.
« Cette plante, dit-il, en cette occasion
« Ne devrait pas rester muette :
« Le dernier qui parle a raison.
« De vous, pauvre Daphné, (4) je serai la trompette.

« Ce rôle m'appartient : de nous deux Apollon
« Est le dieu protecteur ; il m'a donné son nom ;
« Pour mieux lui prouver ma tendresse,
« Je veux secourir sa maîtresse. »

Aussitôt, fendant l'air de son vol inégal,
L'insecte monte et plane à l'entour du métal
Orgueilleux vainqueur du tonnerre.
« J'en conviens, lui dit-il ; vous protégez la terre ;
« Mais vous êtes par fois un protecteur fatal.
« Souvent on vous a vu tromper la confiance.
« Quelques soins oubliés, un peu de négligence,
« Vous suffisent hélas ! pour faire bien du mal.
« Vous ne pouvez servir de symbole et d'image
« Au noble chevalier sans reproche et sans peur ;
« Vous n'êtes point, comme le sage,

« Toujours prêt à porter le fardeau du malheur :
« Et sur vous cependant vous attirez l'orage !
« La prudente Daphné se conduit autrement.
« D'un touchant souvenir éternel monument,
« Elle reçut jadis du dieu qui la protége,
« Et que le tendre amour entraînait sur ses pas,
« Un don plus précieux, un plus beau privilége :
« Elle écarte la foudre, et ne l'attire pas. » (5)

ENVOI A MON FILS.

Mon fils, dans ce laurier, image d'un bon père,
Tu vois le bonheur de mon sort.
Protecteur comme lui, je veux jusqu'à ma mort
Étendre sur ta vie un abri salutaire.

ÉPITRE

A DES CHIENS DE CHASSE

ÉPITRE

A DES CHIENS DE CHASSE.

Quoi ! c'est à moi que vous vous adressez !
Passez, mes petits chiens, passez :
Une méprise vous égare,
Et de vos guides vous sépare.
Je laisse le gibier toujours dormir en paix,
Et je ne prétends pas à vos brillans succès.
Allez... cherchez l'objet de votre ardeur extrême.
Bien qu'assurément je vous aime,
Votre ennemi n'est pas le mien ;

Pour vos chasses je ne vaux rien :
J'aime l'hôte du champ, du bois, de la prairie.
Le rossignol mélodieux
M'inspire un peu de jalousie,
J'en conviens : mes accens sont moins harmonieux ;
Mais je n'en veux point à sa vie,
Et je pardonne à son talent.
Je me plais à voir l'hirondelle
A son nid, comme moi, fidèle ;
Car pour le mien j'en fais autant,
Et j'y retourne, heureux comme elle,
Respirer l'air de mon berceau.
Loin de troubler les lapins dans leur gîte,
Comme eux avec plaisir je me ferais hermite.
Je ne voudrais pas qu'un moineau
Pût maudire mon existence.

Le bonheur le plus sûr naît de la bienveillance.
Un bienfait est comme l'argent
Qu'avec usure au créancier l'on rend.
Protégeons les plaisirs des autres,
On aura soin aussi des nôtres.
Mais cependant notre intérêt
Doit nous sembler en cette affaire
Un motif toujours secondaire.
Quand nous faisons le bien, notre premier objet
Doit être le plaisir qu'on éprouve à le faire.

Ah! si vous connaissiez les étranges mortels
Qui vous tiennent dans l'esclavage,
Si vous saviez les droits réels
Dont le ciel fit votre apanage,
On vous verrait bientôt heureux
Jouir de votre indépendance.

Tandis que les humains sont rarement fameux
Par la longue reconnaissance,
Votre race a donné des exemples nombreux
De sagesse et de souvenance.
On se rappelle encor le chien de Montargis, (6)
Celui du roi d'Ithaque (7) et celui de Lazare.
Vous n'imitez jamais le sentiment bizarre
Du chat fidèle au seul logis;
Et, si vous partagez les dons de la fortune,
L'adversité jamais ne vous semble importune.
De l'éclat et de la grandeur
Vous ignorez la fatale influence.
Ni le monde, ni la science
Ne peuvent changer votre cœur,
Et remplacer le bienfaiteur
Qui vous soigne et vous a vus naître.

On raconte de vous des prodiges charmans :
Par exemple à la fois vous n'aimez qu'un seul maître,
Ah ! que nous sommes différens !

Avec adresse aussi l'on vous voit souvent faire
Ce que ne feraient pas chez nous d'habiles gens.
Munito (8) fut d'abord dédaigné des savans
Qui ne voyaient en lui qu'un instinct ordinaire ;
Mais par ses calculs étonnans
Il contraignit bientôt la critique à se taire.

Jamais la vanité n'a gâté vos talens ;
Chez nous il n'en est pas de même.
Le seul sentiment parmi vous
Forme les liens les plus doux ;
Chez nous il n'en est pas de même !

Figurez-vous que notre orgueil extrême
Sur la terre ne voit d'être important que nous,
Et que de vos succès nous devenons jaloux.
Oui, l'on a vu l'ambition humaine
Croire que vous pouviez envahir son domaine. (9)

Figurez-vous, mes bons amis,
Que dans ce grand monde où je vis
Les dehors brillans, l'apparence
Cachent souvent des cœurs pervers,
Attirés par notre opulence
Et repoussés par nos revers.

Figurez-vous que mon destin me lie
A des êtres atteints de l'étrange folie
Que l'on appelle opinion:

Mais de les imiter je n'eus jamais l'envie.
Naguère j'en ai vu renoncer à la vie,
Pour prouver qu'ils avaient raison
D'applaudir une tragédie.
Aussi nous donnent-ils souvent la comédie.

Eh bien, le croirez-vous? on vante la raison,
Dont nous faisons si peu d'usage.
Et cependant l'instinct, qui fait votre partage,
Sans vous laisser jamais dans un triste abandon,
Est parmi nous l'objet de la dérision.

Ah! si j'avais les ressources puissantes
Dont la nature vous fit don,
Je laisserais en paix les tribus innocentes
Qui peuplent les champs et les bois,

Et j'irais demander aux hommes de quels droits
Sur la terre ainsi que sur l'onde
Ils causent le malheur du monde.
Leurs droits font des tyrans et ne font pas des rois.

Mais séparons-nous, je vous prie;
J'en ai dit assez, je me tais.
Sans doute on trouvera mauvais
Que nous allions de compagnie,
Et l'on dira qu'à vos pareils
Je donne de fâcheux conseils.

LES DEUX BLAIREAUX.

CONTE.

LES DEUX BLAIREAUX.

A MON PÈRE.

On s'avance au tombeau par des chemins divers,
Et l'on peut rester seul au sein de l'univers!...
Hélas! pourquoi faut-il que les Parques fatales
Laissent à des amis des chances inégales!...
Que ne peut-on du moins dans ce triste séjour
Disposer de sa vie au gré de son amour,
Et, faisant des heureux en s'immolant soi-même,
Donner plus de durée aux jours de ce qu'on aime!
Ah! quand ils sont rompus tous les liens heureux,
Quand le destin cruel a trompé tous nos vœux,

Partout sur cette terre on voit des maux sans nombre,
Et la mort a perdu son appareil si sombre.
Dans le deuil on la voit, sous un aspect nouveau,
A nos yeux détrompés présentant un flambeau:
L'erreur s'évanouit où le trépas commence;
La vérité nous donne une heureuse espérance,
En montrant le séjour où la douleur finit:
Le tombeau nous sépare et bientôt nous unit.
La mort pour le mourant ne peut être funeste;
Elle n'est un malheur que pour l'ami qui reste.

Je veux à l'ombre des cyprès
Chanter l'amour et la constance,
Et la douleur sincère et les touchans regrets,
Non ces regrets douteux que suit l'indifférence,
Mais ceux dont la mort seule arrête les progrès.

Chez les humains, quoi qu'en dise Pétrone,
Je trouverais près des tombeaux
Souvent une Artémise (10) et jamais sa matrone. (11)
Mais je n'ai pas d'accens pour des sujets si beaux.
Ma muse, encor simple et sauvage,
Ne chante que les animaux :
Ce sont là mes héros.
Du cœur humain ils nous offrent l'image ;
On dit qu'on trouve un cœur même chez les blaireaux.

Un blaireau vit paisible et sage (12)
Au fond de son obscur terrier,
Qui de son génie est l'ouvrage.
L'amour l'a rendu casanier ;
Ses malheurs le rendent sauvage.
Il se plaît à vivre à l'écart,

Et quitte peu son hermitage,
Craignant son voisin le renard,
Qui, n'étant pas un architecte habile,
Va très-souvent fixer son domicile
Chez les blaireaux qu'il chasse de chez eux.
Les blaireaux sont dormeurs, frileux,
Et, pendant le jour, paresseux.
La nuit leur travail est utile,
Même aux auteurs de tous leurs maux :
Ils vont dévorer les reptiles
Qui rendraient nos champs infertiles;
Et, s'ils mangent des œufs d'oiseaux,
Ou quelques jeunes lapereaux,
C'est d'un blaireau le plus grand crime.
Cependant tôt ou tard de l'homme il meurt victime.
Hélas! le ciel devrait, aux palais des humains

Réservant sa colère et sa juste vengeance,
A jamais protéger ces foyers souterrains,
Asyles de la paix et de la tempérance.
Tandis que nos désirs, nos coupables abus,
Répandant tous les maux sur la terre et sur l'onde,
De rois que nous étions nous font tyrans du monde,
Chez les hôtes des bois il est quelques vertus.

Profitant d'une nuit obscure,
Un blaireau quitta son terrier,
Pour aller en aventurier
Chercher un peu de nourriture.
Un heureux don de la nature
Suffit à sa sobriété
Pendant l'hiver, mais en été
Il faut un peu plus de pâture.

Lorsqu'il courait ainsi les champs,
De sinistres pressentimens
Alarmaient sa tendre compagne
Pour ce blaireau, l'objet de ses amours.
On voyait depuis quelques jours
Des chiens errer sur la montagne,
Et des chasseurs et même des filets,
D'un sort cruel tristes apprêts!
Leur demeure était reconnue.
Traqués par d'adroits ennemis,
Ils n'avaient plus qu'une avenue
Pour s'échapper de leur logis.
Déja, devant toute autre issue,
A leur regard épouvanté
Brillait du vélin redouté (13)
La blancheur hélas! trop connue!...

Cédant au plus tendre désir,
Notre blaireau prêt à sortir
Avait promis de revenir
Avant le lever de l'aurore,
Quand les chasseurs dorment encore.
Hélas! il ne revint jamais!
Ce malheureux, en butte aux traits
De la plus noire perfidie,
Expira loin de son amie
Qui l'attendait dans son logis,
En proie aux plus sombres soucis,
A la douleur la plus sincère.

Au fond du terrier solitaire,
Elle comprit l'arrêt du sort:
On ôta la blanche barrière,

Alors elle invoqua la mort,
La mort à tous les maux la ressource dernière,
Dernier désir d'un triste cœur.
Si l'être heureux la craint, l'infortuné l'espère.
On ne vit pas long-temps sous le poids du malheur :
Chez les blaireaux comme chez nous, mon père,
Celui qui sait aimer peut mourir de douleur.

LE DÉSIR.

LE DÉSIR.

ÉPITRE A MON VOISIN.

Bligny s'embellit chaque jour
Pour vous attirer davantage.
Nous voulons rendre ce séjour
Plus digne de son voisinage.
Il a de simples ornemens,
Le modeste tribut des champs,
L'aspect d'un riant paysage,
Quelques fruits et surtout des fleurs:
Et j'ai pour prix de mes labeurs

Le doux espoir de la culture
Et les trésors de la nature.
Déja l'on a vu dans mes mains
S'élever la frêle bouture;
Et, par une heureuse imposture,
Je sus ennoblir les destins
Du sauvageon le plus vulgaire.
Mais sur ces fortunés essais,
Sur ces doux et brillans succès
Désormais je devrai me taire:
Ils suffisent pour rendre heureux
Celui qui sait borner ses vœux;
Mais ils n'ont pu me satisfaire.
Pendant le cours de mes travaux,
J'ai rêvé de trésors nouveaux
La jouissance imaginaire.

Je ne sais plus me contenter
Des fleurs que j'aimais à planter.
L'ambition démesurée
Dans mon triste cœur est entrée;
Et depuis ce funeste jour
Le plaisir m'a fui sans retour.
A mes yeux tout paraît changé dans la nature;
Le ciel est moins serein, sa lumière est moins pure.
J'ai négligé mon champ, ma brebis et mes fleurs.
L'aspect seul de Bligny révèle mes douleurs.
On voit ma verveine odorante,
Jadis le tendre objet des soins les plus constans,
Se flétrir et tomber mourante;
On voit de mes essaims les travaux languissans,
Et mes rosiers charmans disparaître sous l'herbe.
On a vu dans le fond des bois

Errer sans protecteur le paon jeune et superbe
Que j'avais soumis à ma voix.
L'amitié le rendit heureux dans l'esclavage;
Privé de mes soins prévoyans,
Trompé dans sa tendresse, il redevient sauvage.
Sans cesse il remplit l'air de ses gémissemens.
L'oiseau plaintif de Numidie (14)
Fait entendre ses tristes chants.
De tous ces lugubres accens
L'écho reporte au loin la sombre mélodie.

Pourquoi l'arbitre des destins
N'a-t-il pu mettre un terme aux désirs des humains!
Ce ne fut point un diadême
Qui séduisit mon faible cœur.
Ni l'or, ni la grandeur suprême,

Ne me donneraient le bonheur.
J'ai hanté quelques jours ces maisons merveilleuses,
Des envieux désirs magnifiques objets,
Et j'ai vu leurs hôtes sujets
Bien plus que nous encore aux chances douloureuses,
Aux funestes erreurs, aux regrets superflus.
Je cherchai loin de là des retraites heureuses;
Mais j'aperçus les champs, et je ne cherchai plus.
D'abord je fus content de la plus faible chose;
Je bornai mes projets à mon modeste enclos.
Mais qui peut s'arrêter au but qu'on se propose?
Bientôt l'ambition a troublé mon repos.
Oserai-je avouer enfin la seule cause
Des imprudens et vains désirs
Qui marquèrent si tôt la fin de mes plaisirs?...
Je n'ai pas de cerises blanches!...

De cet arbre charmant, digne objet de mes vœux,
Je voudrais obtenir seulement quelques branches.
  Vous en avez... Vaugrigneuse est heureux! (15)
Il fut si bien doté par la riche nature,
Il fut si bien orné par l'art ingénieux
    Que rien ne manque à sa parure.

LE
MOUTON INVALIDE.
FABLE.

LE MOUTON INVALIDE. (16)

Le sort qu'avec raison à tout autre on préfère
C'est celui d'une heureuse mère.

Pour la première fois une jeune brebis,
Qui de l'Espagne était originaire,
Vit exaucer ses vœux et mit au monde un fils.
Aussitôt elle fut dans tout le voisinage
Raconter cet événement
Qui la mettait dans le ravissement.
Peut-être serait-il plus sage
De cacher le bonheur: mais il rend confiant;

On l'augmente en le publiant ;
Le mystère lui fait ombrage.
Ce n'était pas une brebis
Dans un cercle étroit renfermée,
A qui le temps n'a rien appris ;
Les voyages l'avaient formée.
Cette jeune mère annonçait
A tous ceux qu'elle connaissait
Les motifs de sa joie et de son espérance.
Tout son bonheur était fondé sur la naissance
De ce fils, objet de ses vœux.
« Il faut l'avouer, disait-elle,
« Un mouton mérinos est un mortel heureux,
« S'il reste à son état fidèle.
« Eh ! que peut-on faire de mieux ?
« Notre condition est vraiment la plus belle

« Que l'on puisse avoir sous les cieux.
« Jamais le joug ne nous opprime ;
« Chez les humains on nous chérit ;
« Nous n'avons pas beaucoup d'esprit,
« Mais toujours le cœur nous anime,
« Et tout le monde nous estime.
« La preuve que nous sommes bons,
« C'est que *l'on en revient toujours à ses moutons.*
« Tout embellit notre existence
« Depuis son début jusqu'au bout.
« Il n'en n'est pas ainsi partout ;
« Car nous voyons ailleurs que la peine compense
« Le bien qui chèrement est par elle acheté.
« Nous avons du plaisir et fort peu de souffrance ;
« Nous ne connaissons point de la maternité
« Cette inquiète prévoyance

« Qui donne aux autres animaux
« Peu de bonheur, beaucoup de maux.
« Véritablement plus j'y pense,
« Et plus mon sort me paraît beau.
« Mon fils n'a rien à craindre : au fond du pâturage,
« Où de prudens pasteurs surveillent ce troupeau,
« Le loup n'ose jamais exercer ses ravages.
« Et la paix de notre berceau
« Se prolonge jusqu'au tombeau
« Où le temps seul nous fait descendre.
« La vieillesse a ses biens, j'ai le droit d'y prétendre;
« Car, grace à Dieu, nous n'avons pas
« Le sort de ces moutons vulgaires
« Dont les hommes font leur repas.
« A la sécurité je dois des jours prospères.
« Pendant les chaleurs de l'été,

« Je quitte sans regret ma laine trop pesante,
« Bénissant chaque fois la générosité
« Du possesseur qui s'en contente.
« Contre les plus faibles dangers
« Nous ne saurions rien entreprendre :
« On place auprès de nous des chiens et des bergers
« Qui se chargent de nous défendre.
« Comparons notre état aux malheureux destins
« De quelques-uns de nos voisins
« Fameux par leurs inquiétudes,
« Comme le lièvre ou les lapins,
« Qui dans leurs tristes solitudes
« Ont à braver le sort et ses vicissitudes,
« Et ne peuvent jouir, sans effroi, de leurs biens.
« La puissance elle-même est souvent condamnée
« A gémir sur sa destinée.

« Je m'en suis aperçue en contemplant les chiens,
« De leurs maîtres cruels malheureux gardiens!
« Par la conscription ils perdent chaque année
« Une famille entière, aussitôt qu'elle est née.
« On fait de leurs enfans d'adroits aventuriers,
« D'audacieux chasseurs, d'habiles meurtriers.
« Mon agneau, plus heureux et conforme à sa race,
« Dans sa ligne sera constant;
« De son père il suivra la trace,
« Sans s'écarter un seul instant.
« Ses durables vertus fondent mon espérance;
« Et son bonheur fera ma récompense. »

Parmi tous les nombreux amis
A qui l'innocente brebis
Adressait cette confidence,

Se trouvait le mouton habile conducteur
Du petit peuple voyageur.
Il avait trop d'expérience
(Ce fruit heureux du souvenir),
Pour partager sa confiance,
Et pour compter sur l'avenir.
Ici-bas, lui dit-il, toute espérance est vaine:
La fatalité nous entraîne;
Et je crains bien qu'un jour une triste leçon
Ne vous prouve que j'ai raison.

Qui le croirait? ce mouton fut prophète!..
En vain cette mère s'apprête
A diriger son jeune enfant,
Loin des périls, dans la prairie.

Je ne sais quel événement
De ce fils a troublé la vie ;
Mais depuis long-temps je le vois
Avec une jambe de bois.

ÉPITRE

A HORACE VERNET.

ÉPITRE

A M. HORACE VERNET,

Au sujet d'un de ses ouvrages qui représente un soldat français blessé, méditant sur un champ de bataille auprès d'un laurier.

Ah ! que j'aime votre guerrier
Tombé dans les champs de la gloire !
Ce héros malheureux, trahi par la victoire,
Est consolé par un laurier.
Cet arbre est une juste image :
Même dans nos revers nous comptons des exploits ;
A ce noble prix du courage
Le français abattu conserva tous ses droits.

O vous qui méritez la palme héréditaire (17),
Digne émule de votre père,
Vous, dont le dieu des arts guide l'heureux pinceau,
Du sublime génie allumez le flambeau,
Et répandez sur nous l'éclat de sa lumière.
La France avec espoir vous vit dès le berceau.
Horace, poursuivez une belle carrière :
Soyez Français jusqu'au tombeau;
Des faits brillans de notre histoire
Retracez-nous quelque tableau;
Que votre habile main protége notre gloire!
La France, vous devant ses durables plaisirs,
Gardera votre nom au temple de mémoire
Parmi ses heureux souvenirs.

LE RÊVE.

CONTE.

A Mme la Csse Alfred de M***.

Née dans l'Inde (18).

A l'occasion de son mariage.

Malgré le vieux dicton qui, dans notre pays,
Prétend que tout songe est mensonge,
Je ne suis pas de cet avis;
Et je veux vous conter un songe
Qui prouvera que j'ai raison.

Lorsque nous n'avions pas la douce certitude
De vous voir dans notre maison,

Pour charmer notre solitude,
Et passer de jolis momens,
Dans les rêves parfois nous cherchions du bon temps.
Mais nous abandonnons l'illusion trompeuse:
Grace à votre influence heureuse,
Au sein de la réalité
Nous trouvons la félicité
Qu'un espoir incertain nous promettait naguère.
Mais revenons à mon récit:
Un soir, c'était à l'heure où la nuit mensongère
Dans l'empire de l'air que son voile obscurcit
Succède au dieu de la lumière,
Comme un fatal usurpateur
Qui d'un règne sans gloire apporte le malheur,
Devant moi je crus voir paraître
L'Amour. Je reconnus son éclat radieux,

Son petit air audacieux:
J'avais depuis long-temps l'honneur de le connaître.
Mais son costume était changé,
Et ses armes n'étaient plus celles
Dont sans cesse on le voit chargé.
« Mon dieu! lui dis-je, où sont vos ailes?
« Où donc est ce bandeau fameux?
« N'avez-vous plus ces dards heureux
« Qui sont célèbres dans l'histoire?
« Si vous y voyez clair, je crains pour votre gloire:
« Vous serez inconstant, léger.
« Privé d'ailes, à pied vous voudrez voyager;
« Mais vous éprouverez plus d'une rebuffade:
« Partout on vous prendra pour une mascarade:
« Un Amour avec de bons yeux!..
« Mais cela tient du merveilleux.

« On en voit de pareils dans les contes des fées ;
« Mais l'on n'en vit jamais que là.
« D'un Amour comme celui-là
« Nos belles ne sont pas coiffées.
« Ah ! l'étrange Amour que voilà !.. »

A ce discours le dieu se mit fort en colère.
« Je ne suis pas, dit-il, un sentiment vulgaire,
« Enfant profane de l'erreur.
« Je suis fils de Wisnou, le dieu conservateur.
« Je suis le tendre Amour qu'on adore dans l'Inde,
« Et non celui qu'on a vanté sur votre Pinde.
« Je porte en mon pays le nom de Manmadin.
« Mon front n'est point caché sous un bandeau bizarre,
« Aussi je puis guider et jamais je n'égare :
« Ah ! je n'imite point l'Amour européen.

« On élève à moi seul des temples en Asie.
« Mes flèches sont de fleurs, et non pas de cyprès. (19)
« Mon arc est digne de mes traits:
« Il distille en tout temps la plus pure ambroisie.
« Privé d'ailes, je suis constant et sans détour,
« Comme l'est un premier amour. »

« Dieu charmant! m'écriai-je, ah! pardonnez, de grace,
« A mon discours désobligeant,
« Et que mon repentir l'efface!
« J'espère en vos bontés: l'Amour est indulgent.
« Avec moi soyez sans rancune;
« Et daignez me prouver que vous êtes charmant,
« En ne trouvant pas importune
« La prière qu'ici je vous fais à genoux.
« Depuis que je vous vois, j'aime votre patrie.

« Pour mon frère amenez du fond de votre Asie
« Une épouse, et formez les liens les plus doux.
« Ah! son cœur est digne de vous:
« On mérite toujours les biens qu'on apprécie.
« Qu'elle unisse à l'esprit, aux arts, à la bonté,
« La touchante timidité.
« Je le sais par expérience,
« Une épouse chérie embellit l'existence;
« Près d'elle nos beaux jours sont encor plus heureux,
« Et les sombres instans sont bien moins douloureux.
« Qu'Alfred reçoive de la sienne
« Le durable bonheur que je dois à la mienne. »

L'Amour me répondit: « Je vois ce qu'il vous faut:
« Une perfection, un être sans défaut.
« Rassurez-vous: j'ai votre affaire. »

Je voulais rendre grace à ce dieu tutélaire;
Mais, comme un trait rapide, il s'était échappé.
Et je craignais déja qu'il ne fût pas sincère.
Mais bientôt je vous vis, et, si j'en crois mon frère,
Mon rêve ne m'a pas trompé!

UN ARBRE
DEVENU GRAND.

FABLE.

UN ARBRE

DEVENU GRAND.

Sur le bord d'un sentier on vit naître une plante
Qui paraissait dans ce séjour
Pour la première fois. Faible encore et naissante,
Elle n'annonçait pas la majesté qu'un jour
Son front devait porter en atteignant la nue.
Elle fut long-temps inconnue
A tous les arbres d'alentour,
Sa race sur ces bords n'étant pas établie.
C'était l'arbre géant peuplier d'Italie.

Il devait sa naissance en ces lieux étrangers
Au hasard, à Zéphyre ou bien aux messagers,
Dont se sert la prudente Flore
Pour égaliser ses bienfaits
Et multiplier ses sujets,
Afin qu'en tous lieux on l'honore.
Cet arbre fit de grands progrès;
Heureux, il s'éleva; ce ne fut pas sans peine,
Car, pendant sa faiblesse et ses premiers essais,
Il eut à surmonter l'égoïsme et la haine.
Enfin il parcourut, en dépit des propos
Et des efforts de ses rivaux,
Une assez brillante carrière.

Un jour que le zéphyr agitait ses rameaux,
Ce colosse, un instant courbant sa tête altière,

Aperçoit à ses pieds ses anciens ennemis,
Devenus à leur tour et muets et soumis.
« Eh quoi! c'est à vos pieds, dit-il, qu'on m'a vu naître;
« Et vous êtes restés si bas
« Qu'à peine d'où je suis l'on peut vous reconnaître!
« Quand je commençais à paraître,
« De mes succès futurs vous ne vous doutiez pas.
« Alors je m'ignorais moi-même,
« Et m'efforçais péniblement
« A résister tout seul à maint événement.
« Nul ne vint à mon aide en ma détresse extrême;
« Et vous étiez pour moi comme des étrangers,
« Quand, du sein de la terre avec peine sortie,
« Ma tige faible encor craignait mille dangers.
« Je faillis étouffer un jour sous une ortie;

« Mais vous n'y fîtes pas la moindre attention :
« L'orgueil est sans compassion.
« Chaque jour paraissait amener ma ruine ;
« Des animaux rongeurs, sous la terre cachés,
« M'attaquaient bien souvent dans ma tendre racine,
« Et mes jeunes rameaux en étaient desséchés.
« Mais tout cela vous faisait rire ;
« Et, pour peu que le doux Zéphyre,
« Devenant mon dieu protecteur,
« Agitât ma feuille mobile,
« Vous prétendiez que je mourais de peur,
« Et vous m'appeliez un trembleur.
« L'avez-vous oublié, ronce triste et débile,
« Qui, ne pouvant porter votre charge inutile,
« La confiez à vos voisins ?

« Pendant votre croissance ignoble et paresseuse,
« Vous étendiez sur moi votre ombre dangereuse.
« J'eus parfois à souffrir de vos dards inhumains,
« Lorsque, novice encor, j'étais faible et modeste.
« Te voilà donc aussi, voisin sombre et funeste,
« Si fier de tes rameaux bénis et toujours verds,
« Dont les destins pieux et la fraîcheur constante
« Bravent avec orgueil et l'âge et les hivers,
« Aux dépens des voisins et des projets divers
« Que notre colonie enfante.

« Contre tous les dangers qui menaçaient mes jours
« Le ciel me prêta son secours.
« Rassurez-vous, croissez suivant votre fortune.
« Ma plainte, qui vous importune,

« Sera muette désormais.

« Appuyez-vous sur moi ; recevez mes bienfaits ;

« Ne redoutez pas mon ombrage ;

« Il tient fort peu de place : il est celui du sage. » (20)

LA CAPUCINE

ET LE VER-LUISANT,

OU

LES DEUX LUMIÈRES.

FABLE.

LA CAPUCINE ET LE VER-LUISANT,

OU

LES DEUX LUMIÈRES.

LA capucine est fort ambitieuse.
Après avoir rampé de soutiens en soutiens
(Car ce sont là ses uniques moyens),
Elle élève dans l'air une tête orgueilleuse.
Je suis fâché de ses heureux succès,
Un tel exemple n'est pas sage :
L'intrigant a bientôt ranimé son courage,
Quand il a vu d'audacieux projets
Atteindre une gloire facile.

Cette fleur triomphait sur sa tige débile;
Et, comme elle avait peu de sens,
Elle se donnait pour modèle,
Et regardait avec dédain les gens
Qui n'étaient pas brillans comme elle.
Baissant par fois la tête en rougissant,
Et, par la grace alors avec art embellie,
Elle semblait dire au passant:
N'est-ce pas que je suis jolie?

Tous les soins que l'on prend pour un enfant gâté,
Lui sont donnés par la nature,
Non-seulement pour sa parure,
Mais encore pour sa santé:
D'un parasol parfait sa feuille a la mesure,
Et lui réserve des abris

Contre le soleil et la pluie.
Mais elle voit avec mépris
Ce joli petit parapluie;
Et va chercher plus loin le jour et la chaleur,
Afin d'avoir plus de couleur.
Mais c'est là que j'ai vu cette pauvre captive,
Victime d'un désir qui n'était pas prudent,
Faire de vains efforts pour échapper au vent,
Comme la Naïade craintive,
Lorsque Zéphyre, en voltigeant,
Vient la surprendre sur sa rive,
Et devient un peu trop pressant.

J'ai dit que cette fleur est vaine,
Je vais vous en donner une preuve certaine:
Elle aperçoit un jour un ver-luisant,

Qui lentement vers elle se dirige,
En grimpant le long de sa tige.
« Vil atôme, né pour la nuit,
« S'écrie alors la capucine,
« Depuis quand suis-je ta voisine?
« Retourne en ton obscur réduit.
« Cherches-y tes ardeurs funèbres;
« Et crains de t'égaler à moi.
« Je n'ai pas besoin des ténèbres,
« Pour briller encor plus que toi.
« On ne l'ignore plus: la fille de Linnée
« Au monde révéla le merveilleux secret
« Des feux qu'au milieu de l'année
« J'enfermais dans mon sein jusqu'alors trop discret.
« Quand ma corolle épanouie

« Voit s'affaiblir les feux du jour,
« Sans peine j'attends son retour,
« Car toute ma beauté n'est pas évanouie.
« Les plus éclatantes lueurs
« S'échappent de mon sein, et, nouveau météore,
« J'ai le don d'éblouir encore
« Les yeux qui vers le soir regrettent mes couleurs. » (21)

« Oui, vous avez raison, lui répondit l'insecte :
« Nous ne sommes pas ressemblans :
« La vanité vous rend suspecte ;
« Nos rôles sont bien différens.
« Vous ne voyez que vous dans la nature ;
« Vos stériles éclairs sont de vains ornemens ;
« Vous ne pouvez guider pendant la nuit obscure,

« Car vous ne faites pas comme moi feu qui dure.
« J'en conviens, j'ai moins d'agrémens;
« Mais votre lueur passagère
« Éblouit seulement, lorsque la mienne éclaire. »

ÉPILOGUE.

C'est ainsi qu'une muse, encor faible et nouvelle,
Mais pleine d'ardeur et de zèle,
Modulait ses premiers accens.
L'imagination rend heureuse la vie,
Et donne des plaisirs charmans
Auxquels en vain on porte envie;
Elle sait triompher des hommes et du temps.
Si son effort ne peut dissiper un nuage,
Du moins elle adoucit l'orage,
Et, comme un peintre habile, elle orne le tableau.
Gardant du bonheur pour chaque âge,

Elle charme jusqu'au tombeau.
Sa puissante magie, à nos désirs docile,
Écarte loin de notre asyle
Un monde importun et pervers,
Et peuple à nos yeux l'univers,
Au gré d'un espoir chimérique;
Et dans l'erreur d'un songe on voit des gens de bien.
C'est ainsi que Platon fondait sa république.
Ah! l'illusion est un bien:
Elle sait effacer la trace douloureuse
Du mal qu'on a déja souffert;
Et, comme un oasis au milieu du désert,
Elle offre au voyageur une retraite heureuse.

FIN DES POÉSIES.

NOTES.

NOTES.

(1) Potier, dans le rôle du *solliciteur.*

(2) Cette épître fut écrite en 1815, à l'époque où nous perdîmes les chefs-d'œuvre qui ornaient notre *museum.*

Pour l'intelligence de cette pièce, il faut savoir que M. Robert Lefebvre joint au talent qui lui donne un rang éminent parmi nos peintres, celui de composer des tableaux originaux dans le style de nos grands maîtres : tous les connaisseurs y seraient pris. Mais ce peintre habile a trop de délicatesse pour abuser de ce don du génie; et c'est encore un mérite de plus.

(3) L'Apollon, papillon de Suède, à ailes étroites, entières et blanches, les supérieures oblongues, les inférieures courtes; celles-ci rouges à la base, et ornées de six yeux en-dessus, de quatre en-dessous. (*Linnée.*)

(4) Daphné, fille du fleuve Pénée, évitant les poursuites d'Apollon, fut métamorphosée en laurier. Ce dieu se fit de ce feuillage la couronne qu'il porte toujours. (*Voyez le Dictionnaire de la Fable.*)

(5) Seul de tous les arbres, le laurier passait pour ne pouvoir jamais être frappé de la foudre. Il était contre ses coups un préservatif divin. (*Dictionnaire des sciences médicales, article laurier.*)

Pline rapporte que, pour se préserver de la foudre, Tibère se couvrait la tête de laurier, lorsqu'il tonnait. (Voyez *l'Histoire du monde de Pline, publiée en français, en* 1608, *par Antoine du Pinet, tome* 1, *page* 442.)

On dit que, dans les Pyrénées, cette propriété du laurier est encore l'objet d'une croyance populaire fidèlement observée.

(6) Sous le règne de Charles V, roi de France, un nommé Aubry de Mont-Didier, passant seul dans la forêt de Bondy, fut assassiné et enterré au pied d'un arbre. Son chien resta plusieurs jours sur sa fosse, et ne la quitta que pressé par la faim. Il vient à Paris chez un ami intime de son malheureux maître, et, par ses tristes hurlemens,

semble lui annoncer la perte qu'il a faite. Après avoir mangé, il recommence ses cris, va à la porte, tourne la tête pour voir si on le suit, revient à cet ami de son maître, le tire par l'habit, comme pour lui marquer de venir avec lui. La singularité des mouvemens de ce chien, sa venue sans son maître, qu'il ne quittait jamais, ce maître qui tout d'un coup a disparu, et peut-être cette distribution de justice et d'événemens qui ne permet guère que les crimes restent long-temps cachés, tout cela fit qu'on suivit ce chien. Dès qu'on fut au pied de l'arbre, il redoubla ses cris en grattant la terre, comme pour faire signe de chercher en cet endroit. On y fouilla, et on y trouva le corps de cet infortuné Aubry. Quelque temps après ce chien aperçoit par hasard l'assassin que tous les historiens nomment le chevalier Macaire; il lui saute à la gorge, et on a bien de la peine à lui faire lâcher prise; chaque fois qu'il le rencontre, il l'attaque et le poursuit avec fureur; l'acharnement de ce chien, qui n'en veut qu'à cet homme, commence à paraître extraordinaire. On se rappelle l'affection qu'il avait marquée pour son maître, et en même temps plusieurs occasions où ce chevalier Macaire avait donné des preuves de sa haine et de son envie contre Aubry de Mont-Didier : quelques circonstances augmentèrent les soupçons. Le roi, instruit de tous les discours qu'on tenait, fait venir ce chien, qui paraît tranquille jusqu'au moment où appercevant Macaire, au milieu d'une vingtaine de courtisans, il aboie et cherche à se jeter sur lui.

Dans ce temps-là, on ordonnait un duel entre l'accusateur et l'accusé, lorsque les preuves du crime n'étaient pas convaincantes; on nommait ces sortes de combats *jugement de Dieu*, parce qu'on était persuadé que le ciel aurait plutôt fait un miracle, que de laisser succomber l'innocence. Le roi, frappé de tous les indices qui se réunissaient contre Macaire, jugea qu'*il échéait gage de bataille*, c'est-à-dire qu'il ordonna le duel entre le chevalier et le chien. Le champ clos fut marqué dans l'île de Notre-Dame, qui n'était alors qu'un terrain vide et inhabité.

Macaire était armé d'un gros bâton; le chien avait un tonneau percé, qui devait lui servir de retraite. On les lâche; aussitôt il court, tourne autour de son adversaire, évite ses coups, le menace, tantôt d'un côté, tantôt d'un autre, le fatigue, et enfin s'élance, le saisit à la gorge, et l'oblige à faire l'aveu de son crime en présence du roi et de toute sa cour.

La mémoire de ce chien mérita d'être conservée à la postérité par un monument qui subsiste encore sur la cheminée de la grande salle du château de Montargis.

(Extrait de la *Morale en action.*)

(7) Ulysse, après sa longue absence, fut méconnu, dans son petit empire, par ses sujets et même par sa femme. Il ne fut reconnu que par son chien Argus qui mourut à l'instant même de saisissement et de joie.

(8) Ce chien, véritablement extraordinaire, fit une grande sensation à Paris il y a trois ans.

(9) *Voyez* Lamarck dans ses *Recherches sur l'Organisation des corps.*

(10) Artémise, veuve de Mausole, roi de Carie, inconsolable de la mort de son mari, voulut immortaliser l'objet de ses regrets, en lui élevant

un tombeau digne d'être placé au rang des merveilles du monde. Mais ce tombeau devint bientôt un cénotaphe, les restes qu'il renfermait ayant eu la plus bizarre destinée : Artémise mêla les cendres de Mausole à son breuvage. Elle ne cessa pas de le pleurer, et mourut de douleur.

(11) La matrone d'Ephèse. Cette veuve trop fameuse voulait se laisser mourir de faim sur le tombeau de son époux. Elle interrompit les fastueuses démonstrations de sa douleur, pour pendre l'objet de ses regrets et lui donner un successeur.

(12) Tout ce que je dis sur le blaireau, ainsi que sur tous les animaux dont je fais mention dans mes vers, est parfaitement conforme à la vérité, et à toutes les traditions que nous ont conservées Pline, Buffon et les autres historiens de la nature.

Voici quelques passages de Buffon qui prouveront mon exactitude.

« Le blaireau est un animal *paresseux*, défiant, « solitaire, qui se retire dans les lieux les plus « écartés, dans les bois les plus sombres, et *s'y* « *creuse une demeure souterraine;* il semble fuir la « société, même la lumière, et *passe les trois quarts*

« *de sa vie dans ce séjour ténébreux, dont il ne sort* « *que pour chercher sa subsistance.*

. . . . « *Le renard, qui n'a pas la même fa-* « *culté pour creuser la terre, profite de ses travaux;* « *ne pouvant le contraindre par la force, il l'oblige* « *par adresse à quitter son domicile.* . . . .

. . . . « *Il dort la nuit entière et les trois quarts* « *du jour.*

. . . « Cet animal est naturellement *frileux.* .

. . . « Il a sous la queue une espèce de poche « qui ne communique point à l'intérieur, et ne « pénètre guère qu'à un pouce de profondeur; « il en suinte continuellement une odeur onc- « tueuse, d'assez mauvaise odeur, qu'il se plaît à « sucer.

. . . . « Ne sort que la nuit. . . . déterre les « nids des guêpes, en emporte le miel, perce les « rabouillères des lapins, *prend les jeunes lape-* « *reaux, saisit aussi les mulots, les lézards, les ser-* « *pens, les sauterelles, les œufs d'oiseaux, et porte* « *tout à ses petits.* . . . .

On lit, dans le Dictionnaire des *merveilles de la nature*, à l'article *attachement extraordinaire*, l'anecdote suivante : « Vers la fin de septembre

« 1774, deux particuliers du village de Chapella-
« tière, près du château de Venours, se rendant
« au bourg de Rouillé en Poitou, trouvèrent dans
« un chemin creux, à une lieue de leur domi-
« cile, un blaireau que leur chien fit sortir d'un
« fossé; ils l'assommèrent avec leurs bâtons, et
« ils décidèrent que la curée s'en ferait au ha-
« meau, et qu'ils partageraient entre eux le prix
« de la peau qui serait vendue. Faute de corde,
« ils l'attachèrent avec un lien de branchage, et
« chacun le traîna à son tour. A peine ces voya-
« geurs eurent-ils fait quelques pas que l'un
« d'eux, tournant la tête, aperçut un autre blai-
« reau qui les suivait d'un air triste. Ils s'arrêtè-
« rent, et ce malheureux animal vint se jeter
« sur le cadavre de son camarade, et se laissa traî-
« ner avec lui. Ils l'emmenèrent jusqu'au village,
« où cet animal ne fut point épouvanté de la mul-
« titude de personnes qui vinrent considérer ce
« spectacle, et le blaireau vivant resta constam-
« ment sur le mort. »

(13) Le blaireau a une invincible horreur pour une blancheur éclatante. Une feuille de papier blanc, posée devant les différentes entrées de

sa demeure souterraine, suffit pour l'empêcher d'en sortir. On a soin par conséquent de n'en pas mettre devant l'issue où l'on a posé le véritable piége.

(14) La Peintade.

(15) Terre charmante qu'habite la personne à qui cette épître est adressée.

(16) Ce fait est réel. On voit souvent dans les campagnes l'adresse des bergers venir au secours des moutons estropiés.

Celui qui m'a fourni le sujet de cette fable m'appartient, et vit encore.

(17) Cette famille privilégiée a été honorée par trois générations successives que distingue le plus grand talent.

(18) On lit dans l'*Histoire des progrès et de la chûte de l'Empire de Mysore*, (charmant ouvrage de M. J. Michaud, tom. 2, pag. 270) le passage suivant, qui m'a donné l'idée de ce conte : « le « culte des Indous est aussi doux que leur ca- « ractère ; les autels de leurs dieux sont couverts « d'offrandes, mais on n'y voit jamais fumer le

« sang des victimes. Les images que présente à « l'esprit la religion des brames, ne sont que tristes « et mélancoliques; il faut observer que cette reli- « gion est née dans la solitude; qu'elle est fille des « passions contemplatives, qui portent l'homme « à la tristesse; on pourrait dire aussi que les « religions naissent dans le cœur humain, du be- « soin d'aimer et d'adorer; il ne serait pas impos- « sible que la nature eût attaché à ce sentiment « profond qui nous porte vers l'adoration du « ciel, les mêmes impressions qu'elle a attachées à « l'amour et à tous les sentimens vifs qui se ma- « nifestent par la mélancolie. La mythologie des « Indiens n'est pas cependant dépourvue tout à « fait d'images agréables. Ils ont leur *Manmadin*, « fils de Wisnou, dieu conservateur, qui préside « à l'amour. Ils le représentent sous la figure « d'un enfant, portant un carquois sur son épaule, « et tenant en main un arc et des flèches. L'arc est « une canne à sucre, et les flèches sont composées « de toutes sortes de fleurs. Si les Indiens faisaient « des madrigaux, comme nos poètes, leur *Man-* « *madin*, qui n'est autre chose que le Cupidon des « Grecs embelli, n'offrirait pas moins d'images

« amoureuses et galantes. On ne peut nier que « la plupart des fables religieuses des Indous ne « soient le fruit d'une imagination bizarre ; mais « il ne leur a peut-être manqué que de grands « poètes pour les accréditer dans l'esprit des autres « nations. Les dieux de l'Inde n'ont pas eu leur « Homère ; nous n'avons pas appris à prononcer « leur nom dès l'enfance ; nous connaissons peu « le sens des allégories que leur culte présente « aux sages bramines ; nous regardons cette reli- « gion comme l'ouvrage de l'ignorance grossière. « Elle a cependant quelque chose qui doit nous « frapper davantage que celle des Grecs et des « Romains, qui n'existe plus que dans les monu- « mens historiques : elle a survécu à toutes les « révolutions de la terre ; et, tandis que Jupiter, « Junon, Saturne, Neptune, ne sont plus pour le « genre humain que des images poétiques, Bra- « ma, Wisnou, Chiven, Manmadin, ont encore « des autels chez trente nations de l'Asie. »

(19) Chez les anciens, une idée mélancolique attribua long-temps à l'amour des flèches faites avec ce bois funèbre. Afin de les rendre moins inquiétantes, par la suite on supposa qu'elles étaient d'or.

(20) On sait que le peuplier d'Italie, dont il est question ici, est un colosse d'une hauteur disproportionnée. Il tient peu de place en largeur, et, donnant par conséquent fort peu d'ombre, il ne nuit pas à la végétation des autres arbres, qui peuvent croître plus près de lui que de tout autre.

(21) La capucine contient entre autres choses une quantité remarquable d'acide phosphorique : aussi M. Bracono est-il porté à attribuer les éclairs instantanés, que Melle Linnée observa la première dans le voisinage des parties sexuelles de cette plante, à une production de phosphore qui brûle et s'acidifie à mesure qu'il est formé. (*Dictionnaire des plantes médicales.*)

C'est au mois de juillet, après le coucher du soleil, que l'on remarque ces éclairs ; ils sont plus faibles au mois d'août. Linnée ne voulut croire à ce phénomène qu'après en avoir été témoin.

FIN DES NOTES.

TABLE.

www.ingramcontent.com/pod-product-compliance
Lightning Source LLC
LaVergne TN
LVHW050419160826
845677LV00002BA/441

* 9 7 8 2 3 2 9 7 5 0 5 4 5 *